**Catalogage avant publication de Bibliothèque et Archives nationales du Québec et Bibliothèque et Archives Canada**

Bergeron, Alain M., 1957-

    Le bal des crapauds

    (Le chat-ô en folie ; 11)
    Pour enfants de 6 ans et plus.

    ISBN 978-2-89591-125-8

    I. Fil, 1974-  . II. Julie, 1975-  . III. Titre. IV. Collection : Chat-ô en folie ; 11.

PS8553.E674B342 2011          jC843'.54          C2011-940655-1
PS9553.E674B342 2011

Correction et révision : Annie Pronovost

Tous droits réservés
Dépôts légaux : 3e trimestre 2011
Bibliothèque et Archives nationales du Québec
Bibliothèque et Archives Canada
ISBN : 978-2-89591-125-8

© 2011 Les éditions FouLire inc.
4339, rue des Bécassines
Québec (Québec) G1G 1V5
CANADA
Téléphone : 418 628-4029
Sans frais depuis l'Amérique du Nord : 1 877 628-4029
Télécopie : 418 628-4801
info@foulire.com

Les éditions FouLire reconnaissent l'aide financière du gouvernement du Canada par l'entremise du Fonds du livre du Canada pour leurs activités d'édition.

Elles remercient la Société de développement des entreprises culturelles du Québec (SODEC) pour son aide à l'édition et à la promotion.

Elles remercient également le Conseil des Arts du Canada de l'aide accordée à son programme de publication.

Gouvernement du Québec – Programme de crédit d'impôt pour l'édition de livres – gestion SODEC.

IMPRIMÉ AU CANADA/PRINTED IN CANADA

# Le bal
## des crapauds

**Miniroman de Alain M. Bergeron – Fil et Julie**

**LE CHÄT-Ô EN FOLIE**

Pour le bal des crapauds, il n'y aura pas la danse des canards...

*Qui en sortant de la mare,*

*Se secouent le bas des reins et font coin-coin...*

Allez! Accompagne Altesse dans sa danse. Hip et hop!

Moi, Coquin, le chat du château, je te raconte...

# Chapitre 1

Dans la cuisine royale, la sorcière Merline consulte son livre de potions magiques.

– Alors quoi, Coquin? se fâche Altesse, la princesse. Il n'y a plus de : «Il était une fois, dans un pays lointain…»?

Non, je voulais faire un change-ment...

– Je suis une princesse, moi. J'ai maintenant mes habitudes, proteste Altesse. C'est ma quatrième aventure, après tout !

Bon, d'accord ! Je reprends.

Il était une fois, dans un pays lointain...

Altesse fait la moue.

– À bien y penser, le chat, je préfère la nouveauté. Vas-y ! Et ne me laisse plus t'interrompre...

Quel caractère ! Je recommence.

Dans la cuisine royale, la sorcière Merline consulte son livre de potions magiques.

Elle ajuste les lunettes sur le bout de son nez. Et elle lit à haute voix :

– Dans un grand bol, mélanger les queues de rat avec la bave de crapaud...

Miam ! Miam ! La sorcière en a l'eau à la bouche et l'estomac dans les babouches !

– Écraser le...

Elle en a des nausées.

– Le chocolat ! Beurk !

Merline se bouche le nez et elle écrase cet étrange ingrédient. Ensuite, elle dépose les morceaux dans le bol.

– C'est pour donner du dégoût à la recette...

Elle verse le mélange dans le chaudron sur la cuisinière. Une fumée verte et brune s'en dégage. Elle se lamente.

– Pouah ! Ça pue, le chocolat !

À ce moment, la princesse Altesse entre dans la pièce.

– Hum ! Ça sent bon, le chocolat !

Elle se dirige vers la sorcière.

– La potion est prête, madame Merline?

– Presque, répond la sorcière. Il y en aura assez pour tous les princes charmants. J'ai hâte de voir leur tête! Vous avez eu une idée géniale, princesse! Hé! Hé! Hé!

Altesse croit qu'elle a bien fait de confier cette tâche à Merline. Et non pas à sa sœur Gavotte. Les deux sorcières sont vieilles. Elles souffrent de trous de mémoire, surtout Gavotte. Selon Altesse, Merline est la meilleure des deux.

Merline remet le couvercle sur la marmite.

– Laissons reposer le tout pendant une heure. Et le tour sera joué...

La princesse la remercie d'un sourire. Elle fait une petite danse sur place.

– Je vais répéter pour ce soir.

La sorcière la salue d'un coup de chapeau pointu.

– C'est vrai... Vous devez être prête... pour le bal des crapauds! Ho! Ho! Ho!

Quelques minutes plus tard, dans une salle du château, Altesse essaie d'apprendre la valse. Le chambellan du roi, messire Ardent, lui enseigne les pas.

– C'est très facile, princesse. La valse, c'est : 1-2-3, 1-2-3, 1-2-3. Comme ceci. Musique !

Le chambellan entraîne Altesse sur le plancher glissant.

– Aïe ! Aïe ! Attention, princesse !
Vous... Aïe ! m'écrasez les... Aïe !
pieds ! Aïe !

Altesse s'arrête et s'excuse.

– Je suis désolée, chambellan. J'ai
la tête ailleurs.

– Et les pieds
aussi, remarque
messire Ardent.

Il masse ses
orteils endoloris.

La princesse se dandine sur une musique imaginaire.

– Je préfère le hip-hop ! Il faut être de son temps, non ?

Le chambellan s'offusque.

– Les princesses ne dansent pas le hop-hip !

Altesse le corrige.

– Le hip-hop ! Pas le hop-hip !

Elle n'aime pas l'idée de ce bal organisé par son père. Le roi ne souhaite qu'une chose : la marier à un prince. Altesse a accepté d'y participer, mais à ses propres conditions. Les princes devront porter un toast... et boire leur verre. Elle espère que la potion de Merline sera efficace.

Messire Ardent la rappelle à l'ordre.

– Vous êtes dans la lune, princesse. On y va ? 1-2-3... Aïe ! 1-2-3... Aïe ! Aïe ! Aïe !

# Chapitre 2

La salle de bal du château brille de mille feux. Cette soirée fait la joie des princes charmants de la Vallée du temps fou, fou, fou.

Mais pas le bonheur d'Altesse. Gare à celui qui dansera avec elle! Surtout s'il se prénomme... Eustache ! Il est le plus acharné des princes charmants. Il ferait tout pour épouser la princesse. Non pas par amour, mais pour devenir un jour le roi du royaume.

Altesse arrive au bras du roi Corduroy. Dans sa robe de dentelle, elle ressemble à une mariée.

Les princes charmants se mettent à crier: «Yahou! Yahou! Yahou!» On leur sert à chacun un verre de potion.

Corduroy consulte la grande horloge. Il est 20 heures. Les gens portent un toast.

– À Altesse! Et au prince qui réussira à la charmer!

La sorcière Merline est cachée derrière la porte. Elle prononce une formule magique:

« *Le grand amour, ici, vous deviendrez...*

*Ou dans les marais, vous coasserez...* »

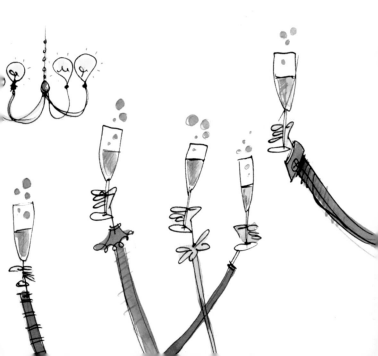

Les princes boivent le contenu de leur verre. Altesse se croise les doigts.

«Pourvu que ça marche», se dit-elle.

Un premier courtisan s'avance vers la princesse. Il s'agit du prince de Vercheval.

Le chambellan tamise les lumières. Il fait un signe de tête à messire du Jocquet. Ce chevalier de la Table tournante insère un CD dans son lecteur numérique. Il propose *La valse des nénuphars*.

Altesse et Vercheval se mettent à danser devant une foule ravie. Le prince complimente sa partenaire.

– Vous... Aïe! dansez... Aïe! très bien... Aïe! princesse.

À la dernière note, le prince remercie Altesse.

Elle baisse les yeux. Elle hésite. Le prince, lui, espère. Autour d'eux, le silence est lourd. La princesse dépose un baiser sur la joue du prince de Vercheval.

POUF!

L'homme a disparu dans un nuage de fumée verte et brune. Il ne reste plus qu'un crapaud aux pieds d'Altesse.

«Wrebbitt!» coasse le prince de Vercheval.

# Chapitre 3

Des murmures se répandent dans la salle. Le prince de Vercheval a reçu un baiser de la princesse. Puis, il s'est transformé en crapaud!

Altesse est soulagée. La boisson magique de Merline fonctionne comme prévu. Son partenaire de danse avait l'air gentil. Mais il n'était pas son grand amour, ça, c'est certain!

La panique s'empare des princes charmants. Est-ce qu'il leur arrivera la même chose?

Certains s'enfuient. D'autres prennent leur courage à deux mains. Déjà, un prince à lunettes invite la princesse à danser. Avec le même résultat.

POUF !

«Wrebbitt!»

Voilà un crapaud à lunettes !

Et un troisième avec une barbichette...

POUF !

« Wrebbitt ! »

Et un quatrième avec de grandes oreilles...

POUF !

« Wrebbitt ! »

Et un douzième à l'odeur repoussante. Des mouches volent près de ses oreilles.

– Si je suis l'heureux élu, Altesse, je plonge dans un bain. Promis!

Prise de nausée, la princesse lui envoie... un baiser soufflé!

POUF!

«Wrebbitt!»

Le crapaud attrape les mouches avec sa langue fourchue. Ensuite, il sort du château pour plonger... dans la mare.

La soirée est animée. Il y a de plus en plus de crapauds dans la salle. Mais aussi de moins en moins de princes charmants.

Corduroy, le roi, désespère de trouver un prétendant à sa fille. Altesse a mal aux pieds à force d'aplatir les orteils de ses partenaires de danse.

Il ne reste plus que trois princes d'apparence humaine...

Plus que deux...

Plus qu'un...

Oh non!

Altesse est abasourdie quand elle reconnaît le dernier prince.

– Vous avez gardé le meilleur pour la fin! Je suis votre dessert!

Un homme à l'épaisse moustache lui tend les bras.

C'est Eustache!

# Chapitre 4

Pour la dernière danse du bal, Altesse doit valser avec son ennemi, Eustache. Trente-quatre princes l'ont précédé. Ils se sont changés en autant de crapauds. Mais lui n'est pas troublé du tout, du tout, du tout.

– Fini les crapauds! Vous avez devant vous votre prince charmant, déclare Eustache.

Le prince avale vite un autre petit verre de potion. Altesse est surprise.

Puis, la musique démarre. La princesse écrase avec plaisir les pieds d'Eustache.

Malgré la douleur, le prince du Royaume d'En-Haut rit sous sa moustache.

– Aïe! Votre amie, la sorcière Merline, a une sœur. Elle s'appelle... Aïe... Gavotte. Elle aussi connaît... Aïe... des recettes secrètes.

Altesse hausse les épaules.

– Je sais, dit-elle. C'est la plus vieille des deux. Elle a d'affreux trous de mémoire, si je me souviens bien…

Eustache grimace. La princesse a marché sur son gros orteil.

– Aïe! Vous êtes dans l'erreur. C'est sa sœur, Merline, qui oublie tout! Gavotte a préparé une potion pour me protéger. Je viens tout juste de la boire. Et je ne crains plus les effets de votre boisson… Aïe!

Altesse lui a pilé sur le petit orteil.

– Vous pourriez être surpris, observe la princesse.

Altesse est épuisée de ces heures de valse. Elle voudrait se reposer dans sa chambre. Elle aurait du plaisir à écouter des chansons sur son iPod nounou. C'est celui que sa gouvernante lui a donné à Noël.

Sans prévenir, elle embrasse Eustache sur la joue.

– Bon débarras! lui dit-elle.

Mais rien ne se produit.

Pas de POUF ! Pas de fumée ! Pas de crapaud!

Il n'y a qu'un prince avec une épaisse moustache rousse. Eustache tâte son corps. Il examine ses jambes et ses bras. Il ne s'est pas transformé en crapaud. Victoire! Il jubile!

Altesse est secouée.

– J'ai... j'ai dû faire une erreur.

Elle l'embrasse à nouveau, sur l'autre joue. Toujours pas de POUF! Eustache demeure... Eustache! La princesse jette un regard désespéré vers la sorcière.

Merline ne comprend pas ce qui est arrivé. Une mauvaise mesure, peut-être? Pas assez de bave de crapaud? Trop de chocolat? Manquait-il de citron?

Le roi a l'air d'avoir été piqué par une guêpe. Ça y est! La princesse, sa fille, a enfin son prince! Il roule sur lui-même de plaisir.

– On se croirait dans un conte de fées! s'exclame Corduroy.

Il claque des doigts. Le chambellan accourt avec les alliances. Le roi va célébrer un mariage dans sa cour.

Le couple est entouré des notables et seigneurs du palais. Piégée par cette foule, Altesse est incapable de s'enfuir.

Eustache serait son grand amour? Impossible! Pourquoi donc ne s'est-il pas changé en crapaud? Les pouvoirs de la sorcière Gavotte sont-ils plus puissants que ceux de sa sœur, Merline? Ou encore, Gavotte a-t-elle meilleure mémoire? Si oui, c'est terrible... pour la princesse.

Le roi serre la main des futurs époux.

– Prince Eustache, voulez-vous marier ma fille, Altesse ? J'ai besoin de votre accord.

Eustache, l'œil malicieux, ouvre la bouche pour lancer un gros...

– Pardon ? demande le roi. Je crois que je n'ai pas saisi...

Eustache se plaque une main sur la bouche. Il hoche la tête de haut en bas pour faire signe qu'il accepte.

Corduroy s'impatiente.

– J'ai besoin d'un oui franc et fort !

Eustache se concentre et déclare :

– Wrebbitt !

Altesse éclate de rire.

Fâché, Eustache lui tire la langue. La foule frissonne d'effroi. La langue du prince est très longue, gluante... et fourchue. Comme celle d'un crapaud. Altesse rit de plus belle.

Le roi, lui, est encore sous le choc.

– Wrebbitt? C'est une forme de langage, ça? Quelqu'un parle le wrebbitt dans le palais?

La sorcière Merline est soulagée. Elle n'aurait jamais dû révéler à Gavotte la recette qu'elle préparait pour Altesse. Heureusement, sa sœur a dû faire une erreur dans les ingrédients pour son contre-poison. Ah, ces fameux trous de mémoire!

Eustache s'enfuit de la salle en bondissant. Déçu, Corduroy s'adresse au public.

– Il n'y a pas de prince pour ma princesse. Donc, le mariage n'aura pas lieu.

Pour célébrer, Altesse s'écrie :

– Le bal des crapauds est fini ! En avant la musique !

Messire du Jocquet remet une ambiance de fête avec des rythmes endiablés. La princesse s'éclate sur une pièce de hip-hop! Le chambellan se joint à elle sur la piste de danse.

– Eh oui, Altesse! Il faut être de son temps! Et vive le hop-hip!

Au fait, qu'est-il arrivé aux princes transformés en crapauds?

Ne vous inquiétez pas pour eux! Altesse y a songé. Elle a demandé à plein d'amies princesses d'aller les délivrer en quittant le bal. Comment? En les embrassant, bien entendu.

Mais chat, c'est une autre histoire!

«Wrebbitt!»

Cha-lut!

# FIN

# www.chatoenfolie.ca

### Les pensées de Coquin

Moi, le Coquin, je me glisse dans les illustrations. À toi de me trouver! Et si tu veux savoir chaque fois ce que je pense, va vite sur le site découvrir *Les pensées de Coquin*, tu vas bien t'amuser.

### Les mots modernes

Alain, Fil et Julie ont mis dans le roman des mots et des objets inconnus à l'époque des châteaux. Pour les retrouver tous, viens t'amuser sur mon site Web en cliquant sur le jeu «Mots modernes». Il y a aussi plein d'autres activités rigolotes.

Chat-lut!

# LE CHÂT-Ô EN FOLIE

**Miniromans de
Alain M. Bergeron – Fil et Julie**

1. Le dragon du Royaume d'En-Bas
2. Le tournoi des princes charmants
3. L'âne magique du petit chevalier
4. La guerre des cadeaux
5. La reine des loups noirs
6. La forêt aux mille nains
7. Le prince sans rire
8. La fiancée de Barbe-Bleue
9. La coupe du hocquet glacé
10. Un imposteur sur le trône
11. Le bal des crapauds
12. Le fantôme de la tour